SCM

Stiftung Christliche Medien

Alle Bibelstellen, sofern nicht anders gekennzeichnet, sind entnommen aus:
Neues Leben. Die Bibel, © 2002 und 2006 SCM R.Brockhaus im SCM-Verlag GmbH & Co. KG, Witten.
Weitere Übersetzungen: Elberfelder Bibel, © 1985/1991/2006 SCM R.Brockhaus im SCM-Verlag GmbH & Co. KG, Witten. (ELB)
Hoffnung für alle® (Brunnen Verlag Basel und Gießen), Copyright © 1983, 1996, 2002 by International Bible Society®. Verwendet mit freundlicher Genehmigung des Verlags. (HFA)

Zitat S. 24: Entnommen aus dem Artikel „Glaube" in: Fritz Rienecker/ Gerhard Maier: Lexikon zur Bibel. Erschienen bei SCM R. Brockhaus, 6. Auflage 2006.
Text S. 46: „Der Engel im Klassenzimmer", in: Anja Schäfer/Annette Penno (Hrsg.): Wenn Teens beten … ist nichts unmöglich. Noch mehr packende Geschichten. SCM R.Brockhaus 2009.
Text S. 54: Mit freundlicher Genehmigung von Joachim Zwingelberg, Jugendreferent in Krefeld. Aus einer Predigt für den Abschlussgottesdienst im Konfi-Camp.

Bildnachweis:
Titelbild: iStock, S. 8/9: chriskuddl - photocase.de, S. 10: brini - photocase.de, S. 13: Anja Brunsmann - photocase.de, S. 14/15: Sören Hoven (søren) - photocase.de, S. 16: iStock, S. 19: Florian Weißenstein (flobox) - photocase.de, S. 20/21: Christian Peters - photocase.de, S. 22: huibuh - photocase.de, S. 25: Sörni - photocase.de, S. 26: ninino - photocase.de, S. 29-30: iStock, S. 32/33: cw-design - photocase.de, S. 34: Judywie - photocase.de, S. 37: iStock, S. 38: kallejipp - photocase.de, S. 41: Andreas Franke - photocase.de, S. 42-44: AllzweckJack - photocase.de, S. 47: miss.sophie - photocase.de, S. 48: cydonna - photocase.de, S. 50/51: elsone - photocase.de, S. 53: ninino - photocase.de, S. 54: MMchen - photocase.de, S. 57: *princessa* - photocase.de, S. 58: Fotoline - photocase.de, S. 60/61: Anna-Lena Thamm (cydonna) - photocase.com, S. 63: ninino - photocase.de, S. 64: manun - photocase.de, S. 67: seifenbläschen - photocase.de, S. 68: triple seVen - photocase.de

Text: Carolin Hartmann

Gesamtgestaltung: Büro Klaus, Wuppertal
Druck: dimograf, Polen
ISBN 978-3-7893-9414-0
Bestell-Nr. 629.414

Los, leben!

LOS, LEBEN!

Das Buch zur Konfirmation

SCM Collection

1 FLIEG!

2 KAUM ZU GLAUBEN

3 DU BIST ERKANNT

4 GESEGNET UND GESANDT

5 Flugbegleiter

FLUGBEGLEITER

6 Stürmische Zeiten

STÜRMISCHE ZEITEN

7 Volle Kraft voraus

VOLLE KRAFT VORAUS

Flieg!
FLIEG!

FLIEG!

Es geht los ...

Hinauf zu den Sternen!

Die Welt liegt dir zu Füßen.
Wohin soll deine Reise gehen?
In alle Länder hinein.
Über alle Grenzen hinweg.
Durch alle Ozeane hindurch.
Bis ans Ende der Welt.
Und dann:
Hinauf zu den Sternen!

Ein Knall. Boom! Die Erde zittert. Und du auch. Innen drin. Das war er – der Startschuss in ein neues Leben. Ein Leben mit Jesus. Aber neu? Na ja, eigentlich ist es immer noch dein altes Leben. Wie sehr es sich verändert hat durch das, was in den vergangenen Monaten so geschehen ist, weißt nur du allein. Die Vorbereitung auf die Konfirmation kann ziemlich intensiv sein – manchmal geht sie richtig an die Substanz, an dein Innerstes. Sie kann dich erschüttern, kann alles infrage stellen. Oder sie lässt dich einfach kalt. Klar ist: Jeden berührt die Konfirmation auf ganz unterschiedliche Weise. Vielleicht ist dir dieses Ding mit Gott und Jesus ziemlich egal. Deine Eltern haben dir gesagt, du sollst dich konfirmieren lassen, und deine Klassenkameraden und Freunde machen es auch. Scheint also irgendwie normal zu sein. Konfirmation, das macht man halt. Und schließlich gibt's am Ende auch eine fette Belohnung – zumindest bei den meisten. Das lohnt sich doch!

Aber mal ehrlich: Ist das alles? Ein Jahr lang (manchmal sogar länger!) rennt man jede Woche zum Konfi-Unterricht, liest mit anderen in der Bibel, bekommt Geschichten erzählt über Gott, Glauben, Jesus und Gemeinde. Dann die große Feier, ein netter Umschlag von der Oma, ein Händedruck vom Pfarrer. Fertig. Fertig?

Wie geht es weiter – mit dir und dem Glauben?

Du hast dein Ja zu Jesus gegeben. Selbstständig und aus eigener Überzeugung. Und damit bekräftigt, was deine Eltern für dich übernommen haben, als du noch zu klein warst, um selbst zu entscheiden: nämlich dass du dein Leben in Gottes Hände legen willst. Dem hast du zugestimmt. Fragt sich nur, warum ...

Ob und wie sehr sich dein Leben verändert, das entscheidest du. Denn Konfirmation bedeutet auch, dass du nun offiziell erwachsen bist – zumindest aus Sicht der Kirche. Ab jetzt darfst du selbst bestimmen, wo es langgeht. Und wie. Vielleicht passiert erst mal gar nichts. Oder nur ein klein wenig. Schließlich muss man sich an diese Freiheit erst mal gewöhnen, ausprobieren, was geht. Wie gut die neuen Flügel tragen. Nur wer mutig ist, wird ihre ganze Kraft entdecken. Und erleben, was Leben wirklich heißt ...

FLIEG!

Flügel der Freiheit

Freiheit ist ein kostbares Geschenk. Sie schenkt dir ungeahnte Möglichkeiten – Neues auszuprobieren, Altes hinter dir zu lassen. Du kannst dich emporschwingen zu fernen Horizonten, wilde Ozeane überqueren, Welten erkunden und mit den Sternen flüstern. Aber bei alldem nimmt dir die Freiheit nicht die Verantwortung. Alles, was du tust, hat Konsequenzen – für dich und für andere. Deshalb mach dir klar, was du mit diesem Geschenk anfangen möchtest. Wofür willst du deine Flügel gebrauchen?

Dinge, die man mit Flügeln anstellen kann:

- eine Menge Wind machen
- rumflattern und dabei Federn lassen
- abheben und den Boden unter den Füßen verlieren
- sich von der Welt entfernen
- hinter dem Rücken verstecken und so tun, als hätte man keine

oder ...

- Abstand gewinnen
- eine neue Perspektive bekommen
- frischen Wind schnuppern
- spüren, wie du getragen wirst
- Vertrauen lernen

Dir wurden Flügel verliehen. Jetzt ist es an dir, sie auszuprobieren.
Was geht? Wie weit tragen sie? Und wohin? Das eine oder andere Manöver wirkt vielleicht noch etwas unbeholfen und taumelig. Der Looping und die halbe Rolle hinterher waren nicht unbedingt Absicht. Aber das gehört nun mal dazu, wenn man lernen will, diese Dinger zu bedienen. Und mit der Zeit wirst du immer sicherer, brauchst nicht mehr viel nachzudenken, es geht fast wie von allein. Schön und gut. Aber was stellt man an mit dieser neuen Freiheit? Was willst du? Was musst du? Oder musst du überhaupt?

Du bestimmst. Es sind deine Flügel, niemand kann sie dir mehr nehmen. Und es ist der Horizont deines Lebens, den es zu erobern gilt. Ganz schön viel Raum, der da vor dir liegt. Aber keine Sorge: Du bist damit nicht allein. Denn irgendwer hat dir diese Flügel verliehen. Weil er auf dich baut. Weil er dich liebt und dich in Freiheit leben sehen will. Aber wer ist ER überhaupt?

Kaum zu glauben

Kaum zu glauben?

Gott, der Allmächtige.
Schöpfer des Himmels und der Erde.
- Mein Vater!
Jesus Christus, sein Sohn.
- Mein Herr!
Gekreuzigt, gestorben, begraben.
Und wieder auferstanden.

Heiliger Geist, christliche Kirche, Gemeinschaft der Heiligen,
Vergebung der Sünden, Auferstehung der Toten, ewiges Leben.

Ein Gott, der allmächtig ist.
Ein Sohn, der zugleich Vater ist. Mensch und Gott. Und in mir drin.
Der getötet wird, damit ich leben kann.
Und von den Toten aufersteht. Wieder lebendig wird.
In den Himmel steigt.
Und dort das Paradies für mich bereitet.
Der mich kennt und weiß, was mit mir los ist.
Dem ich wichtig bin – obwohl er doch die ganze Welt gemacht hat. Und sich um jeden einzelnen Menschen kümmert.
Der mich liebt, wie ich bin. Der sogar stolz auf mich ist.
Obwohl er meine Fehler kennt.

Kaum zu glauben.

Jesus erwiderte: „Philippus, weißt du denn nach all der Zeit, die ich bei euch war, noch immer nicht, wer ich bin? Wer mich gesehen hat, hat den Vater gesehen!“

Johannes 14,9

Kaum zu glauben

Wer hat dir Flügel verliehen?

Nicht so leicht, sich vorzu stellen, wie er wohl ist ... Dieser Jemand, der aus irgendeinem seltsamen Grund ausgerechnet dich am Himmel tanzen sehen will. Der alte Mann in den Wolken mit dem langen weißen Bart? Das Bild hat wohl längst ausgedient. Aber ohne diesen Notnagel ist es meist nur ein diffuser Nebel, der sich da vor dem inneren Auge auftut.

Manche sagen, man erkennt Gott in der Natur. Andere sehen ihn im Lächeln eines Kindes. Kitschig? Vielleicht. Vielleicht ist aber auch mehr dran, als man meint. Denn laut Bibel hat Gott die Welt erschaffen. Seine Spuren in ihr zu entdecken, ist so gesehen nicht abwegig. Und wenn er den Menschen zu seinem Ebenbild geschaffen hat, dann kann es doch gut sein, dass man ein Stück von ihm auch in einem Kinderlachen erkennt.

Wer ist Gott für dich? Schöpfer, Richter, Herr und König? Oder näher dran an dir, dein Freund, dein Helfer und Begleiter? Für manche ist Gott so nah, dass sie zu ihm „Vater" sagen oder sogar „Papa", „Dad". Wie nennst du ihn, wenn du mit ihm sprichst?

Auch wenn es heißt: „Du sollst dir kein Bild machen" (Selber lesen? Schlag die Bibel auf: 2. Mose – auch „Exodus" genannt –, Kapitel 20, Vers 4. Lohnt sich!), bedeutet das nicht, dass du im Ungewissen bleiben musst. Denn in der Bibel, wo dieser Satz steht, steht auch, dass Gott dich ziemlich gut kennt. Er weiß, wie schwer es fällt, jemandem zu vertrauen, dessen Gesicht man nie gesehen hat. Deshalb ist er auf die Erde gekommen. Er hat sich gezeigt, in klarer Gestalt: als Mensch, als einer von uns, damit wir nicht befremdet sind oder Angst bekommen. Nicht als mächtiger Herrscher ist er aufgetreten, sondern als ein einfacher Mann, ein Arbeiter, ein Zimmermann.

In Jesus spiegelt sich Gottes ganze Anteilnahme und Liebe für dich, sein Einfühlungsvermögen, sein Verständnis. Wenn du in der Bibel von seinen Taten liest, erkennst du darin das Wesen deines himmlischen Vaters: Er ist die Liebe. Und er hat sein Leben für dich gegeben, damit du diese Liebe erfahren kannst.

Kaum zu glauben

Glaube vs. Wissen

> *Glaube ist das Wissen im Herzen, das keines Nachweises bedarf.*
>
> *Khalil Gibran*

Glaube ist eine echte Herausforderung. Es gehört eine Menge Mut dazu. Denn wer sagt, er glaubt, gibt damit zu, dass er etwas nicht mit Sicherheit weiß. Es besteht die Möglichkeit, dass die Fakten anders liegen. Und dennoch kann Glaube ganze Berge versetzen. Steht zumindest in der Bibel. Aber dass die Gottes Wort ist, daran muss man auch erst mal glauben können.

Glauben heißt in erster Linie, auf etwas zu vertrauen, von dem du nicht weißt, ob es überhaupt real ist. Auf Gott zum Beispiel. Und der Ausdruck „Ich kann das nicht glauben!" zeigt, dass Glauben eine Fähigkeit ist und damit etwas, was man lernen muss – und kann. Es erfordert vielleicht ein bisschen Übung. Nur die wenigsten haben eine scheinbar natürliche Begabung dafür, einfach alles zu glauben, was ihnen vor die Augen und Ohren kommt. Sobald man erwachsen wird – und damit für sich selbst Verantwortung übernehmen muss –, ist es ziemlich menschlich, die Dinge auf ihre Richtigkeit zu prüfen. Schließlich begibt man sich nur allzu leicht in Gefahr. Da will man doch lieber auf Nummer sicher gehen.

Wir Menschen wollen Beweise. „Wer glaubt denn heute noch an Wunder? Das lässt sich doch alles wissenschaftlich erklären!" Solche Sätze hört man oft, wenn es um Dinge geht, die unsere Vorstellungskraft übersteigen. Die Geschichten aus der Bibel z.B., wenn Jesus Kranke heilt oder auf dem Wasser läuft. Wir wollen auf alles eine Antwort. Bloß nicht dumm dastehen. Es wird geforscht und erklärt, scheinbar sichere Ergebnisse wieder verworfen und neue geliefert. Bis man sie gefunden hat, die Wahrheit.
Vor tausend Jahren galt die Erde als Scheibe – und als Zentrum des Universums. Das war sicher. Das stand fest. Es war die Wahrheit. Damals. Heute wissen wir es besser: Die Erde ist rund (na ja, so ziemlich) und die Sonne der Mittelpunkt unserer Planetensystems. Das ist die Wahrheit. Heute. Da kann man gespannt darauf sein, wie es in 1000 Jahren aussieht. Was dann wohl die Wahrheit ist?

Wunder: „Vorgang, der den gewöhnlichen Erfahrungen und den Naturgesetzen widerspricht."

Wahrig; Deutsches Wörterbuch

Du bist erkannt
DU BIST ERKANNT

Du bist erkannt

DU BIST ERKANNT

Vaterliebe

Ich kannte dich schon,
bevor ich dich im Leib deiner Mutter geformt habe.
Schon vor deiner Geburt habe ich dich dazu bestimmt,
dass du den Völkern meine Botschaften überbringst.
Jeremia 1,5

Gott ist dein Vater. Dein überglücklicher Vater, der sein Kind in den Armen hält (wahrscheinlich grinst er von einem Ohr zum anderen, so stolz ist er auf dich!) und zu seinen Engeln im Brustton der Überzeugung sagt:

„Seht euch das an! Ist es nicht wunderschön? Mein geliebtes Kind. Kein anderes ist so wie dieses. Es ist etwas ganz Besonderes. Dieses kleine Menschlein wird die Welt verändern! Es wird Herzen berühren und Leben retten. Denn mein Wort klingt in seinem Herzen, mein Geist wohnt in ihm. So sind wir für immer miteinander verbunden. Ich werde hören, wenn es mich ruft.

Für meinen Liebling habe ich dieses prächtige Paar Flügel gemacht. Denn mein Kind ist nicht von dieser Welt. Es gehört zu mir, es ist ein Teil von etwas Größerem. Und darum soll es fliegen lernen. Mein Kind soll spüren, dass es zur Freiheit berufen ist!“

Gott kennt dich. Du bist sein Kind, er hat dich gemacht. Er hat in deine Seele geblickt, als du noch im Bauch deiner Mutter warst. Und deshalb weiß er genau, wie du wirklich bist, was in dir drinsteckt – auch wenn der Welt da draußen oft die Augen dafür fehlen.

Er blickt in dein Herz. Er weiß, welche Wünsche und Träume dort verborgen sind, welche Kraft und Schönheit. Und genauso gut kennt er die Angst, die dich davon abhält, zu sein, was du bist: ein Königskind, strahlend und schön, furchtlos, selbstsicher, voller Zuversicht und Stärke. So hat Gott dich geschaffen: zu seinem Ebenbild. Und er will, dass du dich selbst erkennst. Dafür schenkt er dir Flügel. Damit du lernst, dass du nicht von dieser Welt bist, zu Höherem berufen und nicht an die Gesetze der Menschen gebunden. Du bist unabhängig von der Meinung anderer, du darfst aus der Höhe eine neue Perspektive auf dieses Leben gewinnen – und erkennen, was wirklich zählt.

Du bist erkannt

DU BIST ERKANNT

Dein Ja zu ihm

„Wo von Glaube gesprochen, wo Glaube erwartet oder gefordert wird, geht immer ein Handeln Gottes voraus. Glaube besteht nicht in einem Tun des Menschen, durch das Gott sich finden ließe, Glaube ist Antwort auf einen klaren Ruf, der das Herz getroffen hat. Der Glaube des Menschen ist eine bejahende Antwort …"

Dein Glaube ist eine Antwort: die Antwort auf Gottes Rufen nach dir.

Gott hat gehandelt. Er hat dein Herz berührt. Ohne diese Berührung käme niemand auf die Idee, nach ihm zu suchen. Aber mit seinem Rufen hat er die Sehnsucht in dir geweckt. Wie ein Kind, das die Stimme seiner Mutter hört, hast du nach der Begegnung mit ihm gesucht. Und er hat sich von dir finden lassen.

Wir fangen nicht an zu glauben, weil uns jemand von den Vorteilen des Christseins überzeugt. Oder uns die Macht Gottes rational erklären kann. Gott lässt sich nicht erklären. Er lässt sich nicht einfangen mit Worten und klugen Argumenten. An ihn zu glauben, bedeutet, zu hoffen und zu vertrauen – ohne Netz und doppelten Boden. Echt riskant – und ganz schön mutig!
Deine Konfirmation ist deshalb etwas ganz Besonderes. Sie ist mehr als eine feierliche Segenshandlung. Sie ist deine persönliche Bestätigung der Taufe und damit dein bewusstes Ja zum christlichen Glauben.

Konfirmation, lat. confirmatio: „Befestigung", „Bekräftigung"

Du hast die Sache mit Gott also „festgemacht". Und damit nicht nur deinen Glauben, sondern auch dich selbst gefestigt. Denn von nun an ist Gott dein fester Grund. In ihm bist du verankert, er gibt dir Halt in allen Stürmen. Und er hält an dir fest. Weil du zu ihm Ja gesagt hast – von Neuem, oder vielleicht zum ersten Mal aus tiefstem Herzen.
Daran darfst du festhalten: an seinem Ja zu dir. Weil du es angenommen hast, durch dein Ja zu ihm. Daran darfst du festhalten: am Glauben. An seiner Zusage. Denn die hat Kraft. Und sie verleiht dir Kraft. Du hast dein Ja stark gemacht und darfst dich nun von ihm stärken lassen.

Bei einer dieser Begegnungen, als sie gerade aßen, sagte Jesus: „Bleibt hier in Jerusalem, bis der Vater euch sendet, was er versprochen hat. Erinnert euch: Ich habe schon mit euch darüber geredet. Johannes hat mit Wasser getauft, doch schon in wenigen Tagen werdet ihr mit dem Heiligen Geist getauft werden."

Apostelgeschichte 1,4-5

Die Stimme in dir

Plötzlich ertönte vom Himmel ein Brausen wie das Rauschen eines mächtigen Sturms und erfüllte das Haus, in dem sie versammelt waren. Dann erschien etwas, das aussah wie Flammen, die sich zerteilten, wie Feuerzungen, die sich auf jedem Einzelnen von ihnen niederließen. Und alle Anwesenden wurden vom Heiligen Geist erfüllt und fingen an, in anderen Sprachen zu sprechen, wie der Heilige Geist es ihnen eingab.

Apostelgeschichte 2,2-4

Ziemlich sicher, dass du sie schon mehr als einmal gehört hast – diese Stimme in dir drin. Manchmal ist sie ganz leise und du vielleicht viel zu sehr mit andern Dingen beschäftigt, als dass du ein Ohr für sie hättest. Aber sie kann auch ganz schön laut werden, und auf einmal weißt du genau, was zu tun ist. Als ob Gott selbst zu dir gesprochen hätte. Mit seiner Liebe erfüllt er dich. Er wohnt in dir drin. Und zwar als der Heilige Geist. Den hat Gott zu uns auf die Welt gesandt, nachdem Jesus zu ihm zurückgekehrt ist. (Um für uns schon mal das Paradies vorzubereiten. Damit die Party losgehen kann, wenn wir dort ankommen.) Der Heilige Geist ist sozusagen Gottes Stellvertreter in dir drin. Und ist so sehr mit Gott verbunden, als wären sie eins. Schließlich ist Gott dein Vater und will mit dir in Kontakt bleiben. (Erinnere dich: Du bist sein Kind, er liebt dich über alles. Und es bricht ihm das Herz, wenn er nicht mit dir zusammen sein kann.) Damit du immer mit ihm reden kannst, hat er dir durch seinen Geist einen richtig starken Empfänger eingebaut. Mit ihm kannst du ständig Gottes Stimme hören – wenn du willst. Alles, was du fühlst und was du denkst, kann Gott durch ihn empfangen. Mit dem Heiligen Geist als Vermittler kann dein Herz in jeder Situation, 24 Stunden am Tag, zu Gott rufen und seine liebevollen Worte aufnehmen. Ziemlich praktisch.

... und rufe mich an am Tag der Not; ich will dich retten, und du wirst mich verherrlichen!

Psalm 50,15; ELB

Du bist erkannt

DU BIST ERKANNT

Prachtstück

Herr, ich danke dir dafür,
dass du mich so wunderbar und einzigartig
gemacht hast! Großartig ist alles,
was du geschaffen hast – das erkenne ich!
Psalm 139,14 (HFA)

Du bist Gottes Meisterwerk. So wie du bist, bist du genau richtig. So bist du gewollt und nicht anders. Und du bist wichtig. Du hast Fähigkeiten, die kein anderer hat. Auch wenn du manche davon vielleicht noch gar nicht kennst. (Keine Sorge, Gott wird sie dir noch zeigen. Dann, wenn es dran ist.)
Gott hat so einiges mit dir vor. Und es liegt an dir, ob du dich darauf einlassen willst. Niemand ist zu irgendwas gezwungen. Aber du könntest dir die Chance auf ein echtes Abenteuer entgehen lassen!
Ein bisschen Mut brauchst du schon. Es kann eine echte Herausforderung sein, gegen den Strom zu schwimmen. Auf der anderen Seite: Wer immer nur der breiten Masse folgt, wird kaum jemals etwas Besonderes, etwas Außergewöhnliches erleben.

Gott hat dir mit der Freiheit, die er dir geschenkt hat, einen wertvollen Schatz in deine Hände gelegt. Einen Schatz, den es wachsam zu behüten gilt. So eine Aufgabe vertraut man nicht irgendwem an. Gott scheint also ziemlich überzeugt von dir zu sein – davon, was du so draufhast, wie loyal du bist und wie sorgsam du mit dieser Gabe umgehen wirst. Ganz schön viel Vertrauen ... Schon komisch – wo doch immer behauptet wird, dass Gott die Menschen so gut kennt. Eigentlich müsste er dann ja wissen, wie viel Mist man jeden Tag baut! Menschen verletzen Menschen, obwohl sie das oft gar nicht wollen. Und gerade die, die sie besonders gernhaben. Immer wieder trifft man die falsche Entscheidung, überschätzt die eigenen Kräfte oder die Gefahr eines wilden Manövers. Und trotzdem ist Gott der Überzeugung, dass du genau der Richtige bist, um diese Flügel zu tragen. Auch wenn die Federn fliegen ...

Du bist erkannt

DU BIST ERKANNT

Mit deinen Gaben in der Welt

Du bist einzigartig. Auch wenn es jemanden gibt, der dir vielleicht ähnlich sieht: Es gibt nur eine Nase, die in dieser besonderen Art und Weise geformt wurde. Niemand anderes auf der ganzen Welt lacht genau wie du, spricht wie du, riecht wie du. Dein Fingerabdruck ist einmalig unter allen Menschen auf der Welt – und davon gibt es fast 7 Milliarden! Und nur ein einziges Herz, das so fühlt wie deins.
So besonders wie jedes einzelne Haar auf deinem Kopf sind auch die Gaben, die Gott in dich hineingelegt hat. Klar gibt es mehr als einen Menschen auf der Welt, der Gitarre spielen kann. Aber die Art und Weise, wie du es tust, ist besonders. Und an der Stelle, wo du diese Fähigkeit einsetzen kannst, da stehst eben nur du. An diesem Ort, zu dieser Zeit bist du der Einzige, der eine bestimmte Sache tun kann. Und damit bist du ein wichtiger Teil in dem großen Ganzen. Du erreichst die Herzen von Menschen, an die vielleicht sonst kein anderer herankommt. Nur du kannst hier auf deine besondere Weise berühren, aufrütteln, trösten, beruhigen, gesund machen, Freude bringen, Mut machen.

Auch der Körper besteht aus vielen verschiedenen Teilen, nicht nur aus einem. (...) Stellt euch vor, euer ganzer Körper wäre nur Auge - wie könntet ihr da hören? Oder wenn euer ganzer Körper nur Ohr wäre, wie könntet ihr da etwas riechen? Gott hat unseren Körper mit vielen Gliedern und Organen geschaffen und jedem Körperteil seinen Platz gegeben, wie er es wollte. (...) Das Auge kann nicht zur Hand sagen: „Ich brauche dich nicht." Und der Kopf kann nicht zum Fuß sagen: „Ich brauche dich nicht."

1. Korinther 12,14.17-18.21

Denk nicht darüber nach, was du alles nicht kannst. Oder was andere besser können als du. Wäre doch langweilig, wenn wir alle gleich wären, oder nicht? Und alle das Gleiche könnten. Eine Hand ist eben kein Fuß. Eine Hand ist eine Hand, und ohne ihre Fähigkeiten ist dein Körper ziemlich aufgeschmissen. Und ein Körper mit zehn Füßen und keiner Hand sähe auch echt seltsam aus ...
Wenn du das tust, was dir Freude macht, was dir im Herzen brennt, wofür du gemacht bist – kurz: wenn du dich annimmst, wie du bist – , dann tust du damit nicht nur dir selbst einen Gefallen, sondern vor allem Gott und den Menschen um dich herum. Du wirst gebraucht, so, wie du bist!

Gesegnet und gesandt
GESEGNET
UND GESANDT

Segenregen

Sein Segen
dein Segen
sei ein Segen
Segenregen.

Gesegnet und gesandt

GESEGNET UND GESANDT

Du bist ein Segen!

Der Herr segne dich und behüte dich!
Der Herr lasse sein Angesicht über dir leuchten und sei dir gnädig! Der Herr erhebe sein Angesicht auf dich und gebe dir Frieden!
4. Mose 6,24-26; ELB

Bei deiner Konfirmation hast du den Segen empfangen. Ganz schlicht und einfach, indem dir der Priester seine Hand auf den Kopf gelegt hat. Eine Geste, mit der schon zu biblischen Zeiten die Menschen gesegnet wurden. Das kann man zum Beispiel in der Geschichte von Jakob und Esau nachlesen. (Du findest die Geschichte im 1. Buch Mose, auch Genesis genannt, ab Kapitel 25.)
Jakob war ganz besonders hinter dem Segen her – so sehr, dass er sogar mit einem Engel darum kämpfte. Dabei hat er zwar ganz schön einstecken müssen, aber schließlich bekam er, was er wollte. Mehr noch – Gott gab ihm einen neuen Namen: Israel. (Kommt einem bekannt vor, oder?) Israel bedeutet: „Gott kämpft." Anscheinend war es nicht einfach ein Engel, mit dem Jakob dort am Fluss gerungen hatte, sondern der Herr selbst. Und der scheint ziemlich beeindruckt gewesen zu sein von diesem tapferen Krieger. So wurde Jakob – Entschuldigung, Israel – zum Stammvater eines ganzen Volkes. Mit Gottes Segen.
Was für eine Kraft!

Segen ist der Zuspruch Gottes an dich und dein Leben. Er ist dir Garantie dafür, dass Gott dich unterstützt und dir hilft, dich nicht allein lässt. Durch ihn lässt dir Gott Liebe und Güte zuteilwerden. Ein Segen kann auch etwas Materielles sein, z.B. ein Haus, genug Geld, die Liebe eines Menschen, eine große Familie. Segen ist all das Gute, das Gott in deinem Leben bewirkt und schenkt. Und indem wir andere segnen, sprechen wir ihnen diesen Segen zu. Wir bitten Gott darum, diesen Menschen zu beschützen und ihm all das zu geben, was er braucht. Somit werden wir durch das Segnen selbst zu einem Segen. Ein wunderbares Geschenk!

Endlich flügge

Hinter dir liegt eine Zeit des Lernens, der Vorbereitung, in der du geführt und geleitet wurdest. Ein ziemliches Stück Weg hast du überwunden, das dich geprägt und dich verändert hat. Du bist gewachsen, hast mit jedem Schritt an Ausdauer gewonnen. Auch wenn du es vielleicht gar nicht so richtig mitbekommen hast. Und plötzlich bist du da. Das Ziel ist erreicht: der Punkt, von dem aus du allein entscheiden musst, wie es weitergehen soll.

Mit deiner Konfirmation giltst du als erwachsen – zumindest in der Kirche. Du wurdest für „mündig“ erklärt. Das bedeutet, du bist rechtsfähig, also dazu in der Lage, deine Entscheidungen selbst zu treffen. Fragt sich nur, für was du dich entscheiden willst …

Erwachsen sein ist eine seltsame Geschichte: Auf der einen Seite kann man es oft kaum abwarten, bis es endlich so weit ist und man all das tun darf, was einem bis jetzt noch untersagt war. Auf der andern Seite wollen viele am liebsten nie erwachsen werden. So spießig wie die eigenen Eltern, so verbohrt wie die Lehrer, steif, verklemmt, organisiert, pflichtbewusst, gefangen in einem immer gleichen Rhythmus von Arbeit und Familie. Wo bleibt denn da der Spaß, die Spontanität?

Als Gottes Kind bist du zur Freiheit berufen. Und das spürst du. Es ist in deinem Herzen angelegt. Auf der andern Seite hast du vielleicht keine Lust, für diese Freiheit auch Verantwortung zu übernehmen. Dann ist es doch keine Freiheit mehr, oder? Wenn damit auf einmal auch Pflichten verbunden sind. Gar nicht so leicht, das unter einen Hut zu bekommen.

Klar bedeutet erwachsen sein, seine Entscheidungen selbst zu treffen. Aber da ist eben auch keiner mehr, der an deiner Stelle für dich die Konsequenzen trägt.

„Eltern haften für ihre Kinder“

… Von nun an gilt das nicht mehr. Zumindest nicht in Sachen Glauben. Ab jetzt liegt es an dir, für das einzustehen, was du willst, denkst, glaubst, tust. Du bist gefragt:

- deine Meinung
- deine Entscheidung
- dein Wollen
- dein Handeln
- deine Gaben
- dein Mut
- dein Herz
- deine Hand

Damit du diesen Segen nie vergisst, hast du zur Konfirmation deinen eigenen Segensspruch bekommen. Er soll dich dein ganzes Leben lang begleiten. Hier ist Platz,, um ihn aufzuschreiben:

Wir müssen aufhören, uns an den Lichtern jedes vorbeifahrenden Schiffes zu orientieren, und anfangen, nach den Sternen zu segeln.

George Marshall

Folge den Sternen

„Wenn Gott für uns ist, wer kann da noch gegen uns sein?"
Römer 8,31

Jetzt bist du also bestens ausgerüstet: mit Flügeln, die dich tragen, und mit dem Segen Gottes, der dich begleitet und beschützt. Bleibt nur noch eine Frage offen: Wohin soll es gehen?
Hast du einen Traum? Ein Ziel für dein Leben? Oder ist die große Freiheit noch zu weit weg? Ums Schulbankdrücken kommst du wohl nicht drum herum. Aber das muss dich nicht davon abhalten, schon jetzt deinen Traum zu verfolgen.
Du hast deine Flügel nicht umsonst. Du bist ausgesandt. Dazu, dich einzubringen – mit deiner Art, deinem Charakter, deinen besonderen Gaben und Fähigkeiten. Die Welt braucht dich. Und Gott will dich benutzen, um schon hier und jetzt sein Reich auf der Erde zu bauen. Sein Reich kennt keine Grenzen. Sein Reich ist die Liebe. Und Gott hat dich freigesetzt, damit du diese Liebe radikal ausleben kannst. Ohne dich dabei darum kümmern zu müssen, was andere über dich sagen oder denken. Denn Gott liebt dich, wie du bist.

Wen solltest du fürchten, wenn der Herrscher der Welt auf deiner Seite ist? Natürlich bedeutet das nicht, dass ab jetzt dein Leben die reinste Vergnügungstour wird. Aber vor Gegenwind, Sturmböen und dicken Wolken brauchst du keine Angst mehr zu haben. Sie können deinen Flug langsamer machen, dich auf die Erde niederdrücken, aber niemals könnten sie deinem Leben etwas anhaben, denn das ist in alle Ewigkeit sicher bei Gott. Du kannst voller Zuversicht und einfach du selbst sein.

„Denn ich bin überzeugt, dass weder Tod noch Leben, weder Engel noch Gewalten, weder Gegenwärtiges noch Zukünftiges noch Mächte, weder Höhe noch Tiefe noch irgendein anderes Geschöpf uns wird scheiden können von der Liebe Gottes, die in Christus Jesus ist, unserem Herrn."

Römer 8,38-39; ELB

Gesegnet und gesandt

GESEGNET UND GESANDT

Feuer!

Ich bin gekommen, um auf der Erde ein Feuer zu entfachen. Wie froh wäre ich, es würde schon brennen!

Lukas 12,49

Jesus ist auf die Erde gekommen, um sie in Brand zu stecken – durch radikale Liebe. Er wollte etwas verändern, etwas Neues schaffen. Und die Welt auf den Kopf stellen.

Er war der größte Revolutionär aller Zeiten. Nicht einer von denen, die mit der Masse gehen, sich anpassen, um bloß nicht aufzufallen. Nicht einer von denen, die es allen recht machen wollten. Er war nicht lieb und brav. Im Gegenteil. Jesus hat ziemlich deutlich seine Meinung gesagt. Auch und gerade denen, die das Sagen hatten – den Gelehrten und Politikern. Er hatte keine Angst vor Titeln oder gesellschaftlicher Stellung. Und war dadurch für die Mächtigen ganz schön gefährlich. Er fand sich nicht einfach ab mit Ungerechtigkeit, mit gesellschaftlichen Missständen. Doch er tat das nicht, um aufzufallen oder Frust abzulassen. Oder weil er Spaß daran hatte, Stunk zu machen. Er tat es, um Leben zu retten. Er wollte die Menschen wachrütteln, die innerlich längst tot waren. Es ging ihm darum, Augen zu öffnen und Herzen zu berühren. Er wollten zeigen, dass das Wort Gottes, das die Gelehrten jeden Tag so fleißig studierten – um sich damit die Anerkennung des Volkes zu sichern und ihre Macht zu festigen –, dass dieses Wort Gottes lebendig war. Er wollte ihnen begreiflich machen, welche enorme Kraft in der Heiligen Schrift verborgen war. Mehr noch: dass diese Worte eine neue Realität schufen. All das, was die abgehobene Schicht der Weisen und Mächtigen repräsentierte, wurde mit der Botschaft Gottes außer Kraft gesetzt: Standesdünkel, die Beherrschung der Armen und Schwachen, eine Spaltung der Gesellschaft, das Prinzip des Herrschens. Jesus drehte es um. Für ihn war derjenige der Mächtigste, der König aller, der sich selbst klein machen konnte und seine eigenen Wünsche und Begierden zugunsten anderer zurückstellte, der anderen half, sich für ihr Wohl einsetzte und ihnen in Liebe diente. Das war Jesu Revolution: die Herrschaft der Sanftmut, der Güte, des Mitgefühls und der gegenseitigen Annahme und Liebe.

Mit diesem Feuer will er auch dein Herz entfachen. Heute. Jetzt. Hier. Lässt du dich anzünden?

Gekommen, um auf die Erde ein Feuer zu werfen.
In Brand zu stecken.
Anzuzünden.
Uns.
In Liebe.
Um unsere Liebe zu entfachen.
Damit unsere Herzen brennen.

Flugbegleiter
FLUGBEGLEITER

Gemeinsam entbrannt

Alle Gläubigen kamen regelmäßig zusammen und teilten alles miteinander, was sie besaßen. Sie verkauften ihren Besitz und teilten den Erlös mit allen, die bedürftig waren. Gemeinsam beteten sie täglich im Tempel zu Gott, trafen sich zum Abendmahl in den Häusern und nahmen gemeinsam die Mahlzeiten ein, bei denen es fröhlich zuging und großzügig geteilt wurde.

Apostelgeschichte 2,44-46

Wir sind nicht dazu gemacht, uns allein durchs Leben zu kämpfen. Das sieht man daran, dass die meisten von uns in Familien leben – zunächst in denen, in die wir hineingeboren werden. Familie, so wie Gott sie sich gedacht hat, ist ein Zufluchtsort, ein Zuhause, das Schutz gibt, wo man bedingungslos Hilfe und Unterstützung findet. Leider kann das die natürliche Familie nicht immer bieten. Und wenn man seine Eltern verliert oder von den Verwandten getrennt wird, dann brauchen wir andere Menschen um uns herum, auf die wir uns verlassen können.

Wie unsere Freunde kann auch eine Gemeinde zu einer richtigen Familie werden – eine Familie, die wir uns selbst wählen. Als sich die ersten Jünger Jesus anschlossen, lebten auch sie wie richtige Geschwister zusammen. Sie nannten sich untereinander „Brüder" und „Schwestern", denn schließlich hatten sie alle Gott als ihren einen Vater angenommen. Und als Jesus sie in die Welt hinausschickte, damit sie allen Menschen von Gott erzählten, hat er dafür gesorgt, dass immer mindestens zwei zusammen gingen. Niemand sollte sich allein auf den Weg machen.

Bei der Konfirmation gibst du nicht nur dein Ja zum Glauben, zu Gott, Jesus, dem Heiligen Geist und der Bibel, sondern auch zur Kirche – der „Gemeinschaft der Gläubigen". Du kannst dabei selbst entscheiden, welches geistliche Zuhause für dich das richtige ist. Nicht immer muss das eine Kirchengemeinde sein. Vielleicht liegt dir eine kleine Gemeinschaft mehr, eine Gruppe von Freunden, in der du dich ganz öffnen kannst. Wichtig ist, dass du dich angenommen und aufgehoben fühlst, dass du dich nicht verstellen musst. Eben wie in einer richtigen Familie.

Flugbegleiter
FLUGBEGLEITER

Weggefährten und Copiloten

Deine Konfi-Zeit war eine Zeit der Begegnung und der Gemeinschaft. Du hast neue Leute kennengelernt, und aus der ein oder anderen Bekanntschaft beginnt vielleicht etwas zu wachsen. Echte Freundschaft entsteht nicht von allein. Wie eine Pflanze muss man sie pflegen, Zeit investieren und sie gießen – nicht mit Wasser, aber mit Geduld, Respekt, Anteilnahme, Zuhören und vielen anderen „Nährstoffen". Dann wird daraus ein starker Baum mit tiefen Wurzeln, die selbst einem richtigen Sturm standhalten können. In seinem Schatten kannst du dich ausruhen, und seine starken Äste bieten Schutz und Geborgenheit.

Gott weiß, wie wichtig Freundschaft für uns ist. Deshalb kannst du ihn auch jederzeit darum bitten. Gott kennt den Menschen, der zu dir passt. Er weiß, wer der oder die Richtige ist, dem du dein Herz öffnen, mit dem du alles teilen kannst, der dir hilft und beisteht. Durch einen Freund kann dir Jesus zeigen, was es bedeutet, sich für jemand anderen einzusetzen und Vertrauen zu lernen. Du kannst sicher sein, dass er dein Gebet nicht unbeantwortet lassen wird!

Eins ist sicher: Allein bist du nie. Denn schließlich gibt es da jemanden, der immer an deiner Seite ist. Das hat er versprochen.

Der Engel im Klassenzimmer

Es war alles doof, sowohl zu Hause als auch in der Schule, und mir ging es richtig mies. Ich fühlte mich einfach ziemlich einsam. Freunde hatte ich keine, aber genau die brauchte ich wirklich. Während es für andere vielleicht selbstverständlich gewesen wäre, sich damit an Gott zu wenden, so war es das für mich überhaupt nicht. Ich war nicht christlich erzogen worden und glaubte auch nicht mehr so recht daran, dass es einen Gott gibt und dass er ausgerechnet mir zuhören würde. Aber ich wusste mir nicht mehr zu helfen – und betete, mit letzter Hoffnung: „Gott, wenn es dich doch gibt, dann hilf mir doch bitte. Schick mir einen Engel, der mich versteht, der mir zuhört und mich tröstet. Einfach jemand, der immer für mich da ist."
Ein paar Monate später kam eine neue Mitschülerin in meine Klasse. Da ich ein bisschen schüchtern bin, traute ich mich nicht gleich, mit ihr zu sprechen. Als ich einige Zeit später meinen Mut zusammengekratzt und meine Scheu überwunden hatte, kamen wir ganz einfach ins Gespräch. Lisa ist inzwischen meine beste Freundin – und sie ist Christin. Sie hat mir den Weg zu Gott gezeigt und ist immer für mich da. Durch ihren Einfluss haben sich mein Leben und mein Wesen richtig verändert. Mir war sofort klar, dass es Gott wirklich geben musste. Warum? Er hatte mein Gebet erhört! Lisa ist nämlich mein von Gott geschickter Engel …

Marie, 14

Ein Tropfen Liebe ist mehr
als ein Ozean Verstand.

Blaise Pascal

Flugbegleiter

FLUGBEGLEITER

Liebes Leben

Manchmal ist da einer unter all den Menschen, der hat es dir besonders angetan. Ein Lachen, ein Blick, und auf einmal flattern 1000 Schmetterlinge in deinem Bauch – und dein Herz schmilzt dahin. Du fühlst dich machtlos. Und trotzdem scheint es, als läge dir die Welt zu Füßen …
Liebe ist etwas Wunderbares. Sie ist das Wesen Gottes. Und nicht zu verwechseln mit einem stürmischen Schwärmen oder Verliebtsein. Wir sind hinter den großen Gefühlen her, weil sie für einen kurzen Moment die Welt in den schönsten Farben erstrahlen lassen. Wir wollen die großen Emotionen, so wie in einem echten Hollywood-Klassiker: Leidenschaft, heiße Küsse, alles, was dazugehört. Und was sich in unseren Köpfen als die Markenzeichen echter Liebe eingebrannt hat. Aber was, wenn die Schmetterlinge sich zur Ruhe setzen und das Rosarot verblasst?

Was oder wie die Liebe wirklich ist, darüber kann dir die Bibel besser Auskunft geben als der schmalzigste Kinofilm und der schönste Liebesroman. Denn die Bibel ist nichts anderes als die größte Lovestory, die es je gegeben hat – und du spielst darin die Hauptrolle! Sie handelt davon, wie der allmächtige Gott dich erschaffen und dich so sehr geliebt hat, dass er für dich gestorben ist. Aus Liebe zu dir hat er sich geopfert, damit du leben kannst. Und das beschreibt schon ziemlich genau das Wesen der Liebe: Sie denkt nicht an sich selbst, sondern sie gibt sich für den anderen hin. Aber lies selbst:

Die Liebe ist geduldig und freundlich. Sie ist nicht neidisch oder überheblich, stolz oder anstößig. Die Liebe ist nicht selbstsüchtig. Sie lässt sich nicht reizen, und wenn man ihr Böses tut, trägt sie es nicht nach. Sie freut sich niemals über Ungerechtigkeit, sondern sie freut sich immer an der Wahrheit. Die Liebe erträgt alles, verliert nie den Glauben, bewahrt stets die Hoffnung und bleibt bestehen, was auch geschieht.

1. Korinther 13,4-8

Und egal, was die Menschen tun oder erreichen – sei es auch noch so großartig –: Allein die Liebe verleiht ihm Wert. Nichts, was wir ohne Liebe tun, hat in Gottes Augen Bedeutung.

Wenn ich in den Sprachen der Welt oder mit Engelszungen reden könnte,
aber keine Liebe hätte, wäre mein Reden nur sinnloser Lärm,
wie ein dröhnender Gong oder eine klingende Schelle.
Wenn ich die Gabe der Prophetie hätte und wüsste alle Geheimnisse
und hätte jede Erkenntnis und wenn ich einen Glauben hätte, der Berge versetzen könnte,
aber keine Liebe hätte, so wäre ich nichts.
Wenn ich alles, was ich besitze, den Armen geben
und sogar meinen Körper opfern würde, damit ich geehrt würde,
aber keine Liebe hätte, wäre alles wertlos.

1. Korinther 13,1-3

Stürmische Zeiten
STÜRMISCHE
ZEITEN

Stürmische Zeiten

STÜRMISCHE ZEITEN

Krafttraining für dein Vertrauen

Die Liebe hat dich erfüllt, du fühlst dich federleicht, gleitest auf der warmen Luft, die dich nach oben treibt, steigst hinauf zu den Sternen. Alles geht wie von allein, du schließt die Augen: Das ist deine Zeit. Es ist perfekt. Doch plötzlich ...
Der Auftrieb lässt nach. Zunächst kaum spürbar, aber auf einmal gerätst du in Schieflage, du taumelst. Was ist los mit der Thermik? Wo bleibt der warme Hauch, der dich getragen hat? Du fängst an zu flattern, schlägst erschrocken mit deinen Flügeln. Für einen kurzen Augenblick gewinnst du die Kontrolle. Du fliegst weiter, aber es ist mühsam, strengt an. Du denkst: Nur Durchhalten, bis der nächste Aufwind kommt!
Wind kommt, aber ein ganz anderer: ein Sturm, der die Wolkendecke zerreißt, der dich völlig aus der Bahn wirft. Wie ein kleines Blatt pustet er dich durch die Luft, du drehst dich, weißt nicht mehr, wo oben und unten ist. Völlig hilflos bist du der Kraft der Elemente ausgeliefert. Haltlos wirbelst du herum.

In stürmischen Zeiten den Mut nicht verlieren – leichter gesagt als getan. Denn solche Stürme haben manchmal unglaubliche Kraft. Was bei dir im Leben für Tornados toben, weißt nur du allein. Vielleicht sind es Selbstzweifel, Ängste, Einsamkeit, eine Krankheit oder der Verlust eines geliebten Menschen. Viele Dinge haben das Potenzial, uns aus der (Flug-)Bahn zu werfen. Und egal, wie gut es vorher lief mit dir und Gott: Auf seine Hilfe zu vertrauen, wenn man kopfüber auf das Auge des Sturms zurast, ist wohl für jeden eine Herausforderung. Aber es gibt Menschen, die haben solche Stürme überlebt. Und sie haben an Kraft gewonnen. Kraft im Glauben und Kraft, sich dem Leben und seinen Turbulenzen zu stellen.
Auf Gott zu vertrauen heißt nicht, dass von nun an nichts Schlimmes mehr passieren wird in deinem Leben. Es kommen noch genug Stürme, die dir ganz schön das Gefieder zerzausen werden. Vielleicht reißt dir auch die ein oder andere Feder aus. Aber wirklich etwas anhaben kann dir das nicht. Denn eins ist gewiss: Als Gottes Kind bist du gerettet. Egal, wie tief du fällst: Du fällst immer in die Hand deines liebenden Vaters.

NYPD
MA 35146280
110503

Stell dir vor: Du bekommst mitten in der Nacht Besuch von einem Freund. Die Eltern haben sich scheiden lassen, der Vater ist arbeitslos, in der Schule läuft's nicht so und heute Nachmittag gab es den großen Knall mit der Mutter. Da ist echt alles schiefgegangen. Eine Situation zum Weglaufen.
Heulen, kalt, nass, allein, machtlos, hilflos, Hunger! Einiges kommt dir bekannt vor. Du willst helfen. Aber was kannst du tun? Du hast noch nicht mal was zu essen im Haus.
Du wirfst Steine an das Fenster deines Nachbarn.
„Fritz! Wach auf!"
Fritz wacht auf.
Fenster auf.
„Hä?"
„Ich brauch deine Hilfe! Kannst du mir was zu essen leihen? Ich hab Besuch ... Es ist dringend."
„Hast du sie noch alle? Hast du mal auf die Uhr geguckt?"
Fenster zu.
Noch ein Stein.
„FRITZ!"
Irgendwann ist der ganze Straßenzug aufgewacht.
Fritz ist die Sache leid und gibt dir, was du brauchst.

Jesus sagt zu seinen Freunden: „Bittet, so wird euch gegeben. Klopfet an, so wird euch aufgetan."

Wenn Fritz schon nicht aufsteht, um einem Freund zu helfen, dann aber spätestens wegen dem dreisten Fragen, Drängeln und Klopfen mitten in der Nacht.
Es ist nie zu spät, um zu Gott zu kommen und ihn um Hilfe zu bitten. Selbst wenn dir der Zeitpunkt unpassend vorkommt. Gott ist da, er hört zu, auf ihn ist Verlass. Hab Mut! Hör nicht auf zu beten. Hör nicht auf, vor dem Fenster zu stehen, mit Steinen zu schmeißen und nach Hilfe zu rufen. Gott weiß, was gut für dich ist, und er will es dir geben. Verlass dich drauf. Denn auf Gott ist Verlass.

Jojo Zwingelberg

Stürmische Zeiten

STÜRMISCHE ZEITEN

Bittet, so wird euch gegeben!

In der Bibel steht, dass Gott uns alles geben wird, was wir brauchen, wenn wir ihn nur darum bitten. Vielleicht fragst du dich, wie das gehen soll: vor den allmächtigen Schöpfer des Himmels und der Erde treten und ihn einfach anquatschen? Klingt irgendwie seltsam. Und unpassend. Als ob Gott nichts Besseres zu tun hätte! Warum sollte er sich mit unseren kleinen Wehwehchen herumplagen?
Aber stell dir vor, du hättest selbst schon Kinder und deine kleine Tochter kommt zu dir und bittet dich um etwas zu essen. Würdest du ihr nicht etwas geben? Ein leckeres Brötchen schmieren, mit ihrem Lieblingsbelag darauf, und dazu einen Kakao? Du würdest alles tun, um dein Kind glücklich zu machen und seinen Hunger zu stillen. Wenn selbst wir Menschen uns schon so sehr um unsere Liebsten kümmern, wie könnte dann Gott, der uns tausendmal mehr liebt, als es unsere eigenen Eltern je vermögen, unsere Bitte ignorieren? Er setzt Himmel und Erde in Bewegung, um deine Gebete zu erfüllen. Er stellt dir eine Legion von Engeln um dich herum, damit sie dich beschützen. Sag ihm, was du brauchst. Sag ihm, was dir wehtut. Er wird dir helfen.

Um zu beten, braucht man keine frommen Formeln auswendig lernen. Du musst nicht an einen bestimmten Ort gehen oder bestimmte Gesten ausführen, damit dein Gebet besser bei Gott ankommt. Beten ist etwas ganz Einfaches. Du kannst es laut aussprechen oder nur in Gedanken vor Gott bringen. Jesus hat das seinen Freunden oft vorgemacht. Er hat sich in ein stilles Eckchen zurückgezogen und hat mit Gott, seinem Vater im Himmel, gesprochen. Einfach so! Nicht in der Kirche oder an einem besonders heiligen Ort. Nein: ganz für sich alleine in seinem Alltag.
Manchmal fehlen dir vielleicht die Worte. Oder du hast so viele in deinem Kopf, dass du nicht weißt, wo du anfangen sollst. So ging es auch den Jüngern. Als sie Jesus fragten, was sie am besten zu Gott sagen könnten, hat er sie das Vaterunser gelehrt. In diesem „universalen" Gebet steckt alles drin. Und es ist ganz schön krass, die gleichen Worte zu sprechen, die auch Jesus selbst schon gesprochen hat – vor 2000 Jahren. Diese Worte haben genug Kraft, dein ganzes Leben auf den Kopf zu stellen.

Wenn ihr das Vaterunser betet, dann erinnert euch daran:
Gott liebt jeden Menschen wie ein Vater sein Kind, und er will jedem das geben, was er braucht. Nicht unbedingt mehr, aber auf keinen Fall weniger!

Jojo Zwingelberg

Gefunden und geborgen

Nicht immer wählt man den richtigen Weg. Manchmal kann man sich ganz schön verirren. Kein Wunder, bei so vielen Möglichkeiten! Und nicht selten baut man richtig Mist. Dann fällt es schwer, sich zurück ins Nest zu trauen. Am liebsten möchte man sich aus dem Staub machen, sich verkriechen und allein sein.

Vielleicht kennst du die Geschichte vom verlorenen Sohn? Er hatte sich mit dem Erbe seines Vaters davongemacht, wollte unabhängig sein und seinen Spaß haben. Mit dem Geld hat er sich ein schönes Leben gemacht – so lange, bis nichts mehr da war. Alles hatte er verprasst. Schließlich kam es so weit, dass er die Schweine um ihr Futter beneidet hat.

Als er gar nicht mehr weiterwusste, ging er voller Scham zurück zum Hof seines Vaters. Er wusste, dass die Diener dort gut behandelt wurden, und hoffte, als Angestellter ein wenig Geld zu verdienen. Doch als der Vater ihn kommen sah, rannte dieser ihm mit ausgestreckten Armen entgegen, drückte und küsste ihn und feierte ein Freudenfest, weil sein verlorener Sohn endlich heimgekehrt war. Er kleidete ihn in ein prachtvolles Gewand, steckte ihm zum Zeichen seiner Sohnschaft einen kostbaren Ring an den Finger und ließ ein herrliches Festmahl zubereiten. Kein Wort über den Fehler, den der Sohn gemacht hatte. Keine Vorwürfe, keine Strafe. Nur echte Vaterfreude, Erleichterung und Dankbarkeit.

Diese Geschichte ist eines der Gleichnisse, die Jesus selbst in der Bibel seinen Jüngern erzählt. Er tut es, um ihnen klarzumachen, wie sehr Gott seine Kinder liebt. Und dass nichts und niemand auf der ganzen Welt jemals dieser Liebe etwas anhaben könnte. Nichts, was du tust, kein Fehler, der dir passiert, könnte jemals so schlimm sein, dass Gott dich nicht mehr mag.

Wenn du dich von ihm abwendest, deinen Weg allein gehen willst, dann wird Gott auf dich warten. Er wird jeden Tag aufs Neue dastehen mit ausgestreckten Armen, bereit, dich darin einzuschließen. Gott liebt dich so sehr. Er will Gemeinschaft mit dir. Du bist sein Kind. Nichts anderes auf der Welt hat Bedeutung. Nichts kann an seiner Liebe zu dir etwas ändern.

Weil du sein Kind bist, kennt dich Gott und weiß, wenn es dir schlecht geht. Wenn du traurig bist und der Welt und ihm den Rücken kehrst. Wie einem Vater bricht es Gott das Herz, dich leiden zu sehen. Er würde dich so gern trösten. Alles, was dazu nötig wäre, ist deine Entscheidung, zu ihm umzukehren und dich in die Arme nehmen zu lassen. Niemand kann dich zu diesem Schritt zwingen. Du selbst musst es wollen. Lass dir Zeit. Gott läuft nicht weg. Er hat Geduld. Aber je schneller du zu ihm gehst, desto schneller kann er dein Herz wieder gesund machen. Danach sehnt sich ein Vater: sein Kind glücklich zu sehen.

Neu beginnen
kannst du
mit deinem
letzten Atemzug.
Bertolt Brecht

Ausruhen im Nest des Vaters

Auf deiner Reise hast du schon so einiges erlebt, wilde Stürme durchflogen, Wolken gejagt und mit dem Wind getanzt. Und so langsam macht sich das bemerkbar. Es gibt Tage, da scheint der Horizont zu weit, als dass du ihn je erreichen könntest. Der Mut verlässt dich, und du fragst dich, wozu die ganze Mühe überhaupt dienen soll. Da, wo du bist, ist es auch in Ordnung. Warum sich nicht einfach niederlassen und bleiben? Auf einmal bist du dir nicht mehr sicher, was überhaupt dein Ziel gewesen ist …

Niemand kann ohne Pause fliegen. Auch Adler brauchen ein sicheres Nest, in dem sie sich ausruhen können, neue Kraft tanken und Schutz finden bei Nacht und Sturm. In der Bibel steht, dass Gott für uns so ein Ort der Geborgenheit sein kann. Er ist eine sichere Burg, mit festen Mauern, die jeder anderen Naturgewalt trotzen. Wenn du dich bei ihm birgst, dann kann dir nichts passieren. Er umgibt dich mit seiner Wärme, hier findest du Ruhe und Schutz. Und wenn deine Flügel auf der Reise ein paar Federn gelassen haben, dann macht er sie wieder neu. Solche Orte und Zeiten sind wichtig, um innezuhalten. Denn in der Ruhe fällt es leichter, Gottes Stimme zu hören und sich wieder auf Kurs bringen zu lassen. Und dein Vater trägt dich höchstpersönlich in dieses Nest. Das steht sogar in der Bibel, in Gottes Wort, das er hat aufschreiben lassen, damit wir es nie wieder vergessen:

Ich habe euch sicher hierher zu mir gebracht, so wie ein Adler seine Jungen auf seinen Flügeln trägt.

aus 2. Mose 19,4

Wenn dir die Puste ausgeht, nimmt er dich auf seine breiten Schwingen und fliegt mit dir hinein in die Ruhe. Bei ihm bist du sicher und geborgen. Und wie eine stolze Adlermutter kämpft er um dich, mit allem, was er hat. Kein Feind kann es mit ihm aufnehmen, denn gegen die Liebe, die sich opfert, kommt keiner an. Gott stellt sich zwischen den Feind und dich, er verteidigt dich mit seinem Blut, er gibt sein Leben für dich. Und er hilft dir, von Neuem deinem Herzen zu folgen.

Volle Kraft voraus

VOLLE KRAFT VORAUS

Volle Kraft voraus

VOLLE KRAFT VORAUS

Immer weiter … weiterfliegen

Wenn man mit Flügeln geboren wird,
sollte man alles dazu tun, sie zum Fliegen zu benutzen.
Florence Nightingale

Zum Langstreckenflieger wird niemand über Nacht. Damit Muskeln stark und Flügel tragfähig werden, müssen sie trainiert werden. Dann gelingen auch schwierige Manöver. Denn Dinge, die uns vertraut sind, fallen uns einfach viel leichter.

Klar musst du dich immer wieder neu dazu entschließen – aber je öfter du das tust, desto eher geht es dir „in Fleisch und Blut" über. Eine Vertrautheit entsteht und die Leichtigkeit wächst.

Auch eine Freundschaft hält nicht von allein. Du musst dich dazu entscheiden, sie zu pflegen, den Kontakt zu halten, da zu sein für deinen Freund, dich zu öffnen. Wenn du dazu nicht bereit bist, wird die Freundschaft auf die Dauer immer flacher. Und irgendwann wird man sich richtig fremd …

So ist es auch mit Gott und dem Glauben: Du hast die Entscheidung getroffen, dein Leben mit Gott zu teilen. Aber das bedeutet nicht, dass das von nun an ganz von allein läuft. Jeden Tag musst du dich neu dazu entschließen, mit Gott Kontakt aufzunehmen, ihm zu vertrauen, ihm deine Sorgen abzugeben und ihm dein Herz zu öffnen.

Es gibt Zeiten, in denen wir lieber allein bleiben wollen. Wo wir die Tür zu unserem Herzen abschließen, uns verkriechen. Und mit dem ganzen Glaubenszeug nichts mehr am Hut haben wollen. Vielleicht wurdest du ausgelacht, weil du an „diesen Quatsch mit Jesus" glaubst. Nicht leicht, dann noch öffentlich den Glauben zu bekennen. Wie gesagt: deine Entscheidung. Aber je öfter du nach solchen Durststrecken wieder in die Arme deines Daddys zurückfindest, desto leichter wird es dir auf Dauer fallen, umzukehren, statt weiter wegzulaufen. Es braucht einfach Übung (und immer wieder Gottes Bestätigung), dass dein Vertrauen nicht missbraucht wird, dass dein Vater tatsächlich immer auf dich wartet, dich nicht verurteilt, sondern da ist, um dich zu trösten und dich wieder aufzubauen.

Glaube will geübt sein. Aber zu erfahren, was eine vertrauensvolle und beständige Beziehung zu Gott bedeutet, ist alle Mühe wert.

Der Traum enthüllt die Wirklichkeit,
hinter der die Vorstellung zurückbleibt.
Franz Kafka

Volle Kraft voraus

VOLLE KRAFT VORAUS

Halt an deinen Träumen fest!

Wer keinen Mut zum Träumen hat,
hat keine Kraft zum Kämpfen.
Thomas Morus

Manchmal weht da draußen am weiten Himmel eine ganz schön steife Brise. Nicht immer gelingt es da, Kurs zu halten auf dein Ziel. Mit der Zeit werden die Flügel ganz schön schwer. Du fragst dich, wofür du dich so anstrengst – immer weiterflatterst, obwohl es doch viel leichter wäre, sich auf den nächsten Ast zu setzen und dem Treiben einfach zuzuschauen. So verlockend sieht das Glitzern hinter den Wolken gar nicht mehr aus. Vielleicht war es auch nur eine optische Täuschung … Wofür gegen den Wind ankämpfen, wenn man nicht weiß, ob es sich lohnt? Ziemlich viel spricht doch dafür, dass hinter den Wolken nicht das Paradies, sondern lediglich mehr Himmel ist – mit noch mehr Wolken. Wozu also weiterflattern?

An einem Ziel zu zweifeln, weil Gewissheit fehlt, ist absolut menschlich. Und nichts, wofür sich irgendjemand schämen müsste. Wir können nicht in die Zukunft schauen. Wir wissen nicht, was uns erwartet und ob wir jemals erreichen werden, was wir uns so sehr wünschen. Aber Gott hat uns die Fähigkeit geschenkt, zu träumen. Dank ihm dürfen wir unserer Fantasie freien Lauf lassen. Ein Geschenk, das die Macht hat, die Welt tatsächlich zu verändern!
Ohne Träume wären wohl kaum jemals Menschen auf dem Mond gelandet. Welcher „vernünftige“ Geist kann sich so etwas Verrücktes ausdenken? Möglich wurde das Ganze nur, weil ein paar Menschen erst den Traum und dann den festen Glauben daran hatten, dass es möglich ist, mit einer Rakete durch den Weltraum zu fliegen und auf einem fremden Planeten herumzuhüpfen.

Um Wunder zu erleben, muss man an sie glauben.
Carl Ludwig Schleich

Volle Kraft voraus

VOLLE KRAFT VORAUS

Reiseproviant

Für die Flugmeilen, die noch vor dir liegen, brauchst du eine gute Ausrüstung. Hier die Top Ten der wichtigsten Helfer, mit denen du sicher dein Ziel erreichst:

Reiseproviant: die Bibel. Futter für die Nerven, genügend Ballaststoffe sind auch drin, immer frisch, manche Teile zergehen auf der Zunge. Regelmäßig genossen, bekommst du durch sie alle Energie, die du für deine Reise brauchst.

Sicherheitscheck: Zweierschaft. Such dir jemanden, bei dem du dich traust, offen und ehrlich zu sagen, wie es grad bei dir läuft. Das hilft, Probleme frühzeitig zu erkennen und sie in Angriff zu nehmen – bevor es zum Absturz kommt.

Der Fallschirm: das Gebet. Hilft immer und überall, zu haben in jeder Lebenslage, verfügbar 24 Stunden, 7 Tage die Woche. Nimmt jedem Sturz die Geschwindigkeit und garantiert eine weiche Landung! Außerdem hat so ein Fallschirm auf dem Rücken eine sehr beruhigende Wirkung ...

Dein Rettungsteam: die „Gemeinschaft der Gläubigen“: deine Gemeinde, dein christlicher Freundeskreis, deine Jugendgruppe. Sie alle stehen dir zur Seite, wenn's mal brenzlig wird, und halten dich oben, wenn die Flügel schlapp werden.

Sendekanal freihalten: der Heilige Geist. Er ist in dir drin, und durch ihn kannst du alle Fluganweisungen und Warnsignale vom besten Fluglotsen der Welt empfangen (wer das wohl sein kann ...?) Also: auf Empfang stellen!

Ein guter Flugtrainer: Jesus. Von ihm kannst du lernen, wie es gelingt, zu fliegen. Und zwar ohne dass dir die Puste ausgeht. Wenn du dich nach seinem Vorbild richtest, wirst du ein wahrer Kunstflieger werden!

Der Kompass: die Predigt. Damit du dein Ziel nicht aus den Augen verlierst, hilft dir die Predigt, dich immer wieder neu zu eichen und deine Ziele neu anzuvisieren. Mit ihr kannst du jederzeit deinen Kurs korrigieren und anstrengende Umwege vermeiden.

Auf Touren kommen: Lobpreis. Mit Singen, Tanzen oder einfach nur still Gott Dankesagen für die Strecke, die du schon überwunden hast, für alles Gute, was dir widerfahren ist, und die Stürme, die dich stärker gemacht haben. Das gibt dir immer wieder neuen Antrieb!

Originalteile: Echtheit im Glauben. Denn mit billigen Ersatzteilen kommt man selten bis ans Ziel. Gefakter Glaube kann gefährlich sein, weil er dir eine Sicherheit vermittelt, die nicht vorhanden ist.

Sichere Landebahn: Gottes Arme. Auf keinen Fall woanders landen – auch nicht für einen kurzen Zwischenstopp! Selbst wenn es da herrlich funkelt und glitzert: Auf solchen Rollbahnen schlittert man schnell in den Graben. Also lieber auf Nummer sicher gehen und immer den Heimathafen ansteuern!

Das Leben der Menschen ist wie das der Vögel:
Wenn der große Tag kommt, muss jeder alleine fliegen.
Unbekannt

Volle Kraft voraus

VOLLE KRAFT VORAUS

Guten Flug!

Viel mehr bleibt nicht zu sagen. Es ist an dir, deinen Flug zu vollenden. Ich wünsch dir dafür Gottes Segen, Rückenwind, freie Sicht und ganz viel Kraft. (Keine Sorge, mit einer guten Ausrüstung wird die Reise auf jeden Fall um einiges leichter.)

Wichtigste Flugansage: Lass dich nicht von deinem Kurs abbringen! Dein Leben hat Sinn. Alles andere ist eine Lüge. Du bist hier, weil du wichtig bist, weil du zählst. Und weil Gott eine ganze Menge mit dir vorhat. Er macht aus deinem Leben das größte Abenteuer – wenn du willst. Aber lass dir niemals erzählen, es sei nur Zufall, dass du hier bist. Und dass diese zwei Dinger auf deinem Rücken nur zur Zierde sind …

Gott hat einen Plan. Er will die Welt verändern, und zwar durch dich. Deine Flügel sind das Zeichen seiner Macht und Stärke in dir drin. Durch sie kannst du dieser Welt neues Leben schenken. Dafür bist du gemacht, dazu wurdest du berufen. Dafür hast du Flügel bekommen. Damit du sie gebrauchst, damit du deine Freiheit genießt, dich zu den Sternen erhebst. Und den Blick der Menschen zum Himmel lenkst. Ich wünsch dir: „Guten Flug!“

Egal, was du tust:
Gott hört niemals auf,
dich zu lieben!